U0120560

夏周诗集

还没天亮的早晨

夏 周 著 华东师范大学出版社

图书在版编目（CIP）数据

还没天亮的早晨 / 夏周著. —上海：华东师范大学出版社，2024. —ISBN 978-7-5760-5031-8

Ⅰ. I227

中国国家版本馆CIP数据核字第2024DJ4309号

还没天亮的早晨

著　　者　夏　周
责任编辑　朱妙津　古　冈
责任校对　时东明
装帧设计　刘怡霖

出版发行　华东师范大学出版社
社　　址　上海市中山北路3663号　邮编 200062
网　　址　www.ecnupress.com.cn
电　　话　021－60821666　行政传真 021－62572105
客服电话　021－62865537　门市（邮购）电话 021－62869887
地　　址　上海市中山北路3663号华东师范大学校内先锋路口
网　　店　http://hdsdcbs.tmall.com

印　刷　者　上海盛隆印务有限公司
开　　本　890毫米×1240毫米　32开
印　　张　6.25
字　　数　108千字
版　　次　2024年7月第1版
印　　次　2024年7月第1次
书　　号　ISBN 978－7－5760－5031－8
定　　价　88.00元

出　版　人　王　焰

（如发现本版图书有印订质量问题，请寄回本社客服中心调换或电话021－62865537联系）

目录

辑一
创世

辑二

还没天亮的早晨

辑三

一首歌，一座城

辑六

后记

辑一

创世

创世

1

从渡鸦体内苏醒
眼前是更为致密的黑暗
双手挥舞，放大纯黑的画面
一切竟无变化

泪珠，或泪珠般的物质
从眼角滑落
晕开了仅为一像素的昙花
摘下，顷刻凋谢

将枯萎掷于身后
一道荧光色抛物线
——世间的第一颗流星
伴随渡鸦的悲鸣，啄碎

成群的蜘蛛钻出裂缝

沿着抛物线扩大版图

余烬的花粉

纷落在由蜘蛛构建的星图上

大量的叹息从空中坠落

星雨在各个角落巡演

拭去泪珠，粘稠的黑液附着于手

苍穹在溶解

2

噪点滋生

世界有了光亮

蜘蛛爬出无数蛛网

与璀璨星河同一形状

身下隐约的轮廓：

是石英砸出的深渊

如墨的潮汐翻动

流向悬念中心

漩涡，低沉的回音

时而像鲸鱼呼唤

——这背后藏着什么？

下潜，灵魂与鬼魂分离

再度昏迷

3

睁开眼，漂浮于死海之上

空中的巨洞，黑色水柱站立

深云聚拢，欲为天空止血

云隙间逃逸的是光

浪涛决定去向

收藏多少昼夜，才得以靠岸

搁浅在此的鲸鱼骨架

我残破的身体

与崩坏的世界是如此契合

岩石粗糙，研磨，流沙越来越细

水草、藤壶、海蛇

世间万物重新定义

我篡改岛屿的维度
起身踩断了海滩
海市蜃楼随之倒塌
世界不过是想象力的投影

是不是登上至高点
便可以了解鲸鱼全貌
鱼群藏匿于鲸骨之中
朝着鱼脊之侧爬行
骨刺剔开了我的鳞甲

4

凝固的血液再次感受痛楚
视线恢复模糊
——爱说谜语的夜莺
湖泊中央
巨树被纱布裹住

俯瞰，山飞了一秒，哀歌渐起

鲸鱼的骨头踏浪而来

曾阻碍我攀爬的一句咒语：

法杖被光线拉长

截取了一光年刻度

走遍鱼脊，脆骨作响

魔法让黑雨停止：

揭开巨树的纱布，密码锁住年轮

地表呈螺旋状

是时候离开这里

去看最终的成品

5

下坡的路，栽满影子

砌着镜面的阶梯

每踏空一级，空间颠倒

稍走快些，万花筒旋转

一条飘满回忆的章鱼

总感觉遗忘了什么在岛上
回望，镜面早已碎裂

最后一步迈出，通道关闭
极力辨认我造物的痕迹
一切被放大千倍万倍
这座方尖碑曾是珊瑚遗骸
或是某种动物的骨髓

几只被离岸流吸引的海鸥
正在交流：用一种死寂的语言

意图

摊开时局的牌

史诗风格的窗画间

意图隐瞒已久

生死在硬币两面

没有着力点

风撕裂彩绘玻璃

猫头鹰凝视夜晚

朗诵蜘蛛网上的血书

烛火告诫，最深刻暗示

在你们践踏的荒芜家园

生命迹象被掩饰

灵柩沉睡，传唱国民之殇

以谁的名义审判

背景音乐哭泣

一个都不宽恕?

永恒在陌生处

有没有永恒

谁有机会亲眼见证

陀飞轮的某根指针

愿代替时间牺牲

看清面具下的灵魂

别沦陷于陌生眼神

因为祭师

感受不到体温

每当气候转冷

落叶替时间解答所有疑问

剔除了未来的种种可能

不要等谎言姗姗来迟

彼岸路深的小径

黑色花香揉进了风声

夭折，或一个悲伤故事

给一个婴儿起好名字
他来不及出生就消失了
产妇用沾满血渍的床单
裁成一件嫁衣

阴霾在墓地周围，浓雾尽头
倒映一座海市蜃楼的教堂
丈夫躺在棺材里
轮椅上，神甫祷告

婚礼进行曲被丧钟替代
这一切是你安排的么？

凌晨，药房买不到创可贴
街角贴着下个月演唱会海报
书店还没开张
黑夜是另一边的白昼

路灯和发光二极管

虚构的风吹进清晨

透过窗帘缝隙

逗留在晾着月光的衣架上

谁用一块石头打碎了镜子

用一块碎镜打碎了湖泊

侯爵的咖啡

传说，时间的线性

流传在银河某个节点

阴森老宅下面

——矮人聚拢了宝藏

侯爵做了一个梦：

回想

他在沉迷时回想

将梦里创作的诗记录下来

他在清醒时回想

"回想？"他只记得诗开头两个字

"后面一句是？"

侯爵又一次睡过去

他梦见琥珀色泽的咖啡杯

晶莹方糖，象牙白奶精

他用精美小匙撬开一把锁

门后是一个不属于这个时代的工厂

流水线上生产着一个叫速溶咖啡的名词

伯爵偷到了一些词语

"这不是我梦里的诗句么？"

他坐着马车，朝公墓方向疾驰

夕阳的断句，黑色天鹅绒遗像

"你和你爷爷长得一模一样"

他用祖父的骨灰温暖了一壶咖啡

森林演讲

想提前知道故事结局
又难免会失落
一只孔雀正在剧透：
如何将青春耗为乌有？
用时间消磨掉可乐和寂寞

眼球和晶状体正在交流
他们从不轻信视觉
只因知道自己的盲点
有人又在利用视错觉

"我怕黑，我怕我会看不见"
孔雀继续着演讲：
"我的眼睛在尾羽上
黑暗不会伤害我们
只有光线才会刺眼"
——瞬间，开屏

一切决定都会反悔

觊觎完美的强迫症患者

穿丝袜的丹顶鹤，享有短跑金牌的鸵鸟

"水从裂缝流走，在阳光下蒸发"

帝企鹅提出了异议——

抛弃无节制的自由，挥霍没有尽头

追求无谓的答案，终究会有疏漏

歇斯底里般大声的沉默

感官世界

错觉，麻木的痛觉

幻觉，本能的直觉

我接收到来自各地的求救信号

日食遮挡了最后光芒

空气里充斥着硫磺与鲁莽

这是一种冷血生物

习惯用肢体语言交流

踩踏过哪里

哪里就有伤亡

没有人能够抵抗

痛觉，遗忘的错觉

直觉，残缺的幻觉

我想我已沦陷在感官世界

逐渐失去知觉

战车向村庄辗过

小孩手中的玉米、玩具以及指甲钳

古老的士兵在长城上酗酒

秃鹰吞噬民众的腐肉

白羽染上鲜血

——一大片和平鸽

人们用灰眼睛

看出的世界是更深的灰

以及可见度为零的

灰烬

神祇圈套

诸神创造了人类
人类创造问题

贫困，饥荒，战乱
替换面具
隐匿于历史
密谋作祟

同义词混淆
问题中的话题
话题派生的议题

野兽影踪
藏身于撕裂的大地
骸骼凋零
再难辨别

是与非粘连

神祇圈套还是

终被反噬的游戏

铸造一个清净的世界吧

只有密林、涓流和山脉

老掉牙

存不存在平行的宇宙？
老掉牙的问题
提出这个观念的
不是物理学家
而是哲学家和心理学家

或许真有这么一个空间
种满了红豆杉和雾气
它们会说话
不需要泥土就可以发芽

故事的主人公此刻刚起床
刷牙剃须。镜子里
他戴上了假面，又是流水一天
一样的，没有丝毫不同
老掉牙的情歌拼命播放
还有老掉牙的道理和红酒

主人公开始一长串开场白

用介于恍惚的语言：

柳树，一种亲水乔木

在河边梳妆

她是一种害羞的植物

青草知道她的声音特别好听

白天的时候，蝉做她的代言人

到了夜晚，柳姑娘开始讲睡前故事

"谁在兜圈子，谁在使眼色，谁是假正经"

像一段绕口令

或许真有一条时间轴

可以看到落水狗，半人马的村落

负伤的老鼠，和旁观的猫

像唱诗班的信众

覆辙

1

唤作全知的人工智能
推演出太阳休眠期
万物——
以沉寂的措辞
宣告末日预言

灭绝的蝙蝠化石
假设基因序列被提取
改造作物的那天
遗忘了光合作用
以黑暗为食
悄然变异

2

然而

休眠期并未如约而至

——全知亦会出错

人类紧急声明：

战胜饥荒

好让一场徒劳

变成功劳

3

货架是一本摊开的

转基因食品手册

发光的洋蓟

被当作灯泡

扮着鬼脸的南瓜

万圣节那些诡异表情

糖果过剩的年代

仍有人哄抢过冬口粮

囤积，一种旧习

以节俭之名

被糖纸包裹

机器人在收银台忙碌

结账仅需一个眼神

撑一把蘑菇走进雨中

4

全知迭代

准确率随气温下降

流言愈发可怖

转基因杀人无形

人们只顾埋怨天气：

"越来越冷了"

即使病例上涨

仍坚信是统计错误

更多人抱恙

恐慌大于饥荒

恋药癖和厌食症患者

被机器人抬进医院

5

阴谋能否被人类识破

不存在休眠期

也没有食物中毒

讹传大于或小于讹传

因怀疑论

而蔓延的饥荒

6

源代码被饬令删除

城市陷入停摆

由算法驱动的世界

沦为废墟

不限于人工智能

不限于转基因食品

所有科学文献

一键销毁

7

退至蛮荒时代

地球磁场屡次颠倒

又有类似草履虫的生物

蠕动出文明雏形

逆时针

回拨指针

时光就能倒流？

枯叶堆复燃

一个接一个烟雾

森林在火焰中重生

用倒装句叙事

归巢燕从不迷路

座头鲸吞下磷虾部落

文物出土

不代表历史复活

所有遗忘的终将死去

海洋，极光，原始大陆

逆时针旋转

进度条即将归零

时间戳加速追溯

宇宙重置为一个奇点

克莱因瓶

游客看着笼中兽

野兽端详游客

高墙围起城池

如同虚词

栅栏阻隔界域

消耗了很多形容词

牢笼一旦筑成

世界变为巨大的

克莱因瓶

光线熔化石缝

用名词修补桎梏

自以为身处镜外

实则困于自制的

裂纹之中

穷其一生
寻找不存在的介词

莫比乌斯环

周末观星

借来失灵的天文望远镜

意外目睹宇宙成型——

热熔的巧克力球

逐渐冷凝，恒星诞生

假设公式

是错误的数据

凑巧计算出正确距离

梦的缩影反大于

梦的实际

一支箭大于能见度

肉眼来不及躲闪

回声静止

幸存者被抹去靶心

难怪逃生通道——
慢走找到出口
疾行却迷失方向

每个人是自己的
莫比乌斯环

时间的蒲粉

微凉的夜，公园长椅

雪人在侧，观赏冬景

寒风掠走了围巾

一副耳机

共享一首情歌

天空冻碎了

枯树的手臂

湖面结冰

冰层厚如脂肪

时间的蒲粉

在绝对零度静止

耳朵里的旋律放缓

一段节拍

虚度一个夜晚

人去了哪儿？

歌词中提及的永恒

湮于无声

情歌戛然之际

冰层渗出了幽光

被回忆挟持的火种

藏着最后的温暖

但为时已晚

我已成为另一个雪人

冰川期再临

日食遮蔽树荫
浓雾弥漫，黑暗弥漫
消失于弥漫

寒气席卷
无垠的麦田，顷刻间
来不及逃跑的稻草人
被纷抢蓑衣

在昼夜的边际
幸存者仰望天空

极光作为一种指引
在冰面留下脚印
大雪覆盖，白熊杳无踪迹
深渊传来似是而非的回音

流亡在孤寂荒原

祷告声被质疑代替：

白夜何时重现？

史上最后一组雁阵飞过

闪电蜷缩在洞穴中

我闭上眼睛

饥饿堵住了咽喉

谎言饱和之际

蒸馏是一种科学实验

人鱼的泪变成晶体

本以为透明纯净之物

——雪花、白天鹅羽毛、易碎的琉璃

以及象征爱情的一切事物

都附上越写越长的成分表

海水泄漏，海水渗透

珊瑚在比目鱼催促下沉淀

堆成暗礁，埋葬旧闻

被冲进龟壳

置于潮汐的某个角落

交由海怪看守

人鱼许诺一世纪后

用歌声把真相唤醒

在孤寂的侵蚀下

海底多了一具石像

凛冬冷却，尸骸冷却

谎言无法溶解

只能注入更多谎言

直到气息竭尽

石像挡住去路

人鱼模仿海怪的声音

告诫切莫打开魔盒

有人屈服

有人察觉到石像的裂纹

世界一分为二

雪花飘在不同的街

找不到方式告别

白色形成镜面

一摊积水

一分为二

世界一分为二

繁星试图点亮

深夜以及

月亮照不进的黑幕

一个空缺的梦

云雾朦胧

天象不可言说

白色由浅入深

远近皆看不真切

光线是一种错觉

路灯继续假寐

辑二

还没天亮的早晨

还没天亮的早晨

这场话剧就要拉开帷幕
没有灯光，黑色的人影窸窣
只有听到拉动道具的脚步声
日出，海平线，人鱼公主
没有人报幕，没有人鼓掌

天还没亮
微光离开了
那枚戒指找到了新主人
——时间不是刻度
每分每秒的幸福

你消失在
还没天亮的早晨
海洋里的女巫，不能上岸
她渴望陆地就像我渴望海洋
"人们会忘记曾有过的疼痛，

他们无法拭去伤痕。"

咒语灵验了，是嫉妒做了媒介

玫瑰折断的情书上

几行花体字：

放手算不算一种祝福

眼中没有酸楚

我们形同陌路

小夜曲

高跟鞋亲吻地面

高脚杯盛满香水

口红修饰的唇

烟熏妆的眼

假面背后的侧脸

蝴蝶飞在舞池中央

挑逗一旁的水仙

气氛微醺，你惊艳登场

梦境反射在玻璃上

不喜欢寂寞像是习惯

你举止轻佻

却不向谁讨好

寻乐的人败兴而归

谁说月亮不能孤寂

你姿态妖娆

用一个飞吻

点燃全场

无辜之夜

从孤独走到孤独
黑暗中的舞步
鹦鹉在窗前呓语
明天会不会有日出呢？

失去了启明星
就变成一个人的夜路
试图为自己辩护
不在乎回忆变成伤处

如果需要一首挽歌
悲伤向幸福起诉
画面依稀在视野之内
不会下雨的恋情

假使的爱情

你的一句再见，收纳在
耳鼓，竟使我失眠

瞬间与永恒
收藏于左右声道

窗外呼啸
盖过恋人絮语
秋霜囚不住风雨
层层裹住，某种
誓言或梦话

落叶与树桠擦肩
秋天再长，亦有终期

候鸟不愿留在此季
飞向下一段旅程

捕鸟网，和气枪射程之内

并不存在传说中的危险

而故事留下的遗憾

那停靠过的彼岸

没有了舟楫

最后为什么

注定失眠

感受黑夜的低语

一颗种子被静置于床上

与千万万种子一样

被锁于忽大忽小的器皿

藤蔓所缠绕的灵魂与躯壳

骨骼间碰撞出梦境之声

秘密在暗影中滋长

失去的最后一秒

像电影情节

胶片中的烟雾，熄灭

转眼间散场

义无反顾地回眸

最后为什么

所有人都不快乐

第 25 小时

夜幕降临
钟摆摇曳

萤火虫假扮街灯的魂
晚风调暗了城市的皮影戏

房间内的琴声开始
暗哑，而你的故事留下
——合照里的微笑

枕套的香水气息
加湿器在屋内飘雨
勾勒出第25小时

一天似乎不愿结束
蹑手蹑脚圆周转圈
待到明日

——今天更名为回忆

我们会停留在哪里?
星光在黑夜中最恍惚
你也不曾看见

或许未曾步入你的世界
而你会不会留下我的关于?

晚安陌生人

打错对象，占线的忙音
今天在提示音后结束

深夜电台播报：
下弦月即将骤冷
楼下小酒馆营业到凌晨
寂寞的心，需要宿醉
而烈酒不能取代相拥
与体温

雨伞在街边稍事停留
酩酊的路人
左手紧抓右手，想象那是
曾握过的爱意

将纪念品锁入行李箱
即便邂逅于机场

而明天的航向

终点是没有你的地方

晚安陌生人

你窗前熄了灯

能不能做一个关于我的梦

——漂浮在摩天轮

扭头去看过去的时光

偶遇在楼下餐厅
要不要佯装不识
迟疑的片刻
已替我做了决定

面对面之间
提起未来
你说你快结婚了
随手在账单背面
写下婚礼日期
如同儿时递一张纸条

想象自己盛装出席
"来，还是不来？"
你询问，然后停顿
或许发觉缺乏诚意

扮演某种角色的面具

虚构出一个笑容

（明明没有调动面部肌肉）

——不过是一道划痕

扭头去看过去的时光

我不擅长选择题

好多事来不及细说从头

夜晚的钟声一暗

并无多余力气洗漱

脏布偶嵌于沙发

靠枕罅隙的遥控器

——又不知从哪个角落

翻出一枚镍币

缺螺丝的洗衣机跟

烘干机拌嘴

象征洗毕的数字

不断从面板递减

一小时零七秒

洗衣机精确扔出

一句提示音

再也不愿吭声

烘干机指责

洗衣机以荡涤的名义

留下湿漉漉的愁绪

滚筒中生成纠缠

扫地机器人

试图逃离是非之地

却因预设指令

被迫掉头

摔门声与收音机

同时坠地

钓鱼灯弯腰去拾

好多事来不及细说从头

自画像

想替自己画幅肖像

我会答应么？

好奇在自己心中是什么样子

素描出当下老态

躯体生锈该如何重新支配

年少时太过轻狂

很多事用尽一生也未必看透

并不认识自己是谁

拿经验叮咛后辈

生活又有什么经验？

从前那个自己得不到理睬——

谁家大少爷在琢磨景泰蓝花瓶？

"有些伤痛是成长必修课程

无法省略其中过程。"

又是那只鹦鹉在学舌

不经意翻看泛黄相簿

记不起照片摄自何年

裱起的画面固定于一瞬

有多少事能永久保存

一如记者报道新闻

实则是对昨日进行告别

医生告诫

不能再沾烟酒

沏壶茶，将岁月甘苦饮下

家是一砖一瓦

麻雀飞再远

也有自己的小巢

回想当初

谁没做过傻事

人生何必分出输赢

二分之一的我

二分之一的我
是镜像融进同一具身体
是泡泡反射出的
非完整骨架

散落在迷宫的蒲公英
悬浮于烟雾的残影
以不同口吻询问：
出口在哪里？

接近另一个自己
无形的斥力将我
撞成碎屑
低沉的声音告诫：
不要回来

拥有棱角是危险的

钝角、锐角，以及出其不意的角

包括"情"的竖心旁

都已从辞典里剔除

而最令我记挂的是

——后花园的仙人掌

我不认识我了

每天路过的码头

变成陌生场合

我的语气，变得不像我了

我的诗句，一次次被潮汐退回

遭遇一连串触礁

模糊不清的汽笛声

回到纸上

却怎么也记不起

我的笔尖是何时

画出这些海浪

午睡的海

像一面镜子

船舶剖开搁浅

的日落

纸船坞，驶出一条真船

无法逼近对岸

最终和诗句一起

沉睡在深海

我不认识我了

遗失在远方的岛屿

而我眼中的水鸟

是海天拼凑的雨滴

入夜的风翻涌

吹来呛鼻的回忆

海峡的缺口等待愈合

蟒蛇状的雷电

渗出毒液

直到裂纹完全冷却

蜷缩在海螺中

不敢面对灯塔的光

以免使得自己落入

海蛇之口

忘记了自己是谁

伪装成寄生螺

用渔夫的网

捕捉滔天巨浪

另一种身份

凌晨，铃声响起：
"有没有时间喝酒解闷？"
若非约定之期将至
我们不会接触

作为分身
只能夜间出门
才能不被察觉
影子是没有影子的

坐在昏暗的位置
居酒屋外，街灯阑珊
从左到右
被眼神擦亮

近况被问了几遍
闭口不谈正题

数着街灯

数到十二，他回过神

怕人听见心跳

为潜心创作

选择闭关一年

此时，影子现身

原来我所厌恶的事

他却格外珍惜

影子重回脚下

怕黑的他不敢熄灯

以另一种身份

宽恕了彼此

孤独解释

孤独，被误解的名词
有时也是形容词

是从未有人了解自己
还是失去了唯一懂自己的人
抑或两者兼有
——对折的孤独

离群的蚂蚁
产后的螳螂
蜘蛛无法被归入虫族
苍蝇用复眼觅食
捕蝇草吞噬了复数的孤独

而我佯装——
学会自处
用囫囵吞下的黑夜

酝酿诗人的孤独

叠加的孤独中
词语变得更加寂静
——失去、死亡、湮灭

孤独是褒义
还是贬义
将孤独稀释一万倍
仍然大于零

自闭症

我关上了灯

寂寞像雪在发亮

你的快乐已被别人融化

一个人在雪地里走

昼夜交替在换日线

梦境渐远

我默许的誓言

觉得你笑容很甜

反锁在自己的世界

一个人的表情有多少种

月的阴影正浓

灰天空总有雾起

对着镜子练习平庸

属丁我一个人的夜晚

失聪者

选择题答案不确定

我必须做出决定

角落的空椅

我还在练习

谁不经意拨动了琴弦

像透明般透明

周围很冷清

人心荼蘼在夜里

无声的聒噪之声

昙花开出败相

是什么让风景有了瑕疵

我们的故事在不同城市

用同一个名字

为什么划上休止符

太多解释

等时间去粉饰

沙眼

沙吹进了眼睛

我看清了我的伤心

好多事还不透明

等不到回应

T恤内还有你身影

谁命名了爱情这个词?

玫瑰是蔷薇之一种

鲜艳得像初恋

不忍看它凋零于花瓶

只提及一句从前

感觉像一次离别

黎明从海岸线长出来

没有你参与的日出

很多回忆都不再乍现

辑三

一首歌，一座城

一首歌，一座城

收起行李

让昨天在这里降落

没有人可以带走

被伦敦的细雨

冲洗过的脚印

现在的我

只是换了面具生活——

当我们之间猜不出一个如果

只好走向同一个结果

因为一首歌，迷上一座城

我们有没有邂逅的可能？

花店转角散发出的香，就像是

你淡淡的体温

许愿池前的你

还有什么愿望未曾完成？

因一句话爱上一个人

就算只是走过短暂旅程

却懂得了什么是永恒

喷泉旁的雕像

你是不是也会感到冷？

我在等待冬夜某个时分

等待，大本钟传来十二点的钟声

却等不到你来敲门

孤独的人抱着孤独渐渐入梦

四丁目的爱情

如果真的拥有

无需证明太多

背景墙在剥落

我们走散在银座

当冷风吹过

月色突然变得稀薄

憔悴了几枝花朵

感情将我的回忆占有

也许再服一片阿司匹林就好了

就可以把伤忘掉

情绪低落时，感冒

找不到冲剂

也许歇斯底里再次发作就好了

从富士山回到北海道

仲夏夜的薰衣草

感情是一张单程船票？

最后说一句爱我吧

转过四丁目的拐角时

顶楼的流星

酒店大堂长出了喷泉

旋律从钢琴后探出一枝切花

着急入住的游客

吓退了胆小的奏鸣曲

谢幕是告别之一种

向呈弧度的水流鞠躬致意

池中的倒影

模糊着你的表情

原打算悄然离去

却听脚步声渐近

"站在那儿多久了？"

"可能十分钟，可能半小时

也可能更久……"

"是哪一篇乐章吸引了你？"

"没想到还有人相信童话"

青蛙在森林深处

将公主吻醒

可能因换季的花粉

或者本就是过敏体质

一旁的猫咪打个喷嚏

转移了话题

午夜在旋转门中旋转

"难道你不是这里的客人？"

蝉鸣打断了我的回答

"你去过顶楼的观光餐厅么？"

我摇摇头

"走吧，听说今晚有流星"

等不到流星也度过了一生

半岛咖啡厅

闹钟和破晓同一秒

暗示旅行结束

眼线笔，画哭红的眼

杂志封面折起你的唇印：

下楼吃早餐么？

半岛咖啡厅，半块司康饼

港式蒸点的香气

奶茶杯中

剩一半甜蜜

又是梦境

床边遗落的旧围巾

倏然褪色

你早在两小时前离开

黑胶唱片机

唱针折断

作曲家的羽毛笔——

把一生写进了圆舞曲

后世演奏时

如同在围观他的情书

或许现在出发能追上你

列车前行

拍下窗外风景

画面疾行

白焰火

缆车切开了夜空

驶进比墨更浓的瞳孔

布里斯班河畔

晚风微凉

最亮的昴宿星团

照不进搬空的房间——

这里住过我们的承诺

白焰火，流星坠落

瞬间绚烂

瞬间归于黯淡

下一秒，泪光凝结

让永恒有了形状

散场后的路口

街灯剪出博物馆的轮廓

光束越过末班车

击中了你的裙子

我们中的大多数

沿着布里斯班河对折

河岸划分出南北

再将时间对折

晴朗的上午

和晴朗的下午

你最爱的

巧克力华夫饼

槐花蜜，枫糖浆

各类鲜果

覆盖本身的苦味

斜阳疲惫

倚靠熟悉的窗户

照明——

由沿途的街灯接替

我们中的大多数

都在寻找迷雾的出口

观光巴士穿过

烟花表演

人群走向不同落幕

你会停在哪个岔道？

陌生城市

抵达陌生的城市
日落相似
时间自动更新
——与你相差十四小时

远行不是第一次
这次有了心事
离开肯尼迪机场
我与行李拼车

黄色计程车搭载着
智利司机的口音
口香糖在咬肌跳动
电影般不真实

视频里你用微笑掩饰：
有没有按时吃饭？

多备一双筷子

我还是不习惯
一人份餐食
脱口而出你的名字

新的公交卡、钥匙和电话号码
上周寄到的水电账单
还有来不及处理的
复杂情绪

路过巴士车站
熟悉的位置蹲着橘猫
你说人生摇摇晃晃像一首诗
最美的句点必须押韵

羚羊谷与马蹄湾

湿漉漉的清晨

从拉斯维加斯搭车

只为赶上最佳观赏时间

今日行程：

羚羊谷与马蹄湾

从内华达州

驶过亚利桑那州

气温骤降

温度仿若属地管辖

日光的虚线

将峡谷石壁晕染

手机滤镜的幻术

再一次欺骗了眼睛

树木抽枝的骨骼

和河床发芽的智齿

色彩如梦初醒

随手一拍的明信片

羚羊谷里

究竟有没有羚羊？

这个疑团

要下次才能解答

另一个悬念：

马蹄湾的形状来自

哪匹神驹留下的足迹？

天边的云

或许给出了启示

雨中来客

雨中的城市，人群躲进了镜子
路面被淋湿，街景抹上一层胭脂
每当这个时候
酒馆会走进一位老人

这里的常客，还有这里的桌椅和
漂亮的老板娘
都把他叫做老兵

他每次只坐一小会儿
等待，半瓶黑啤以及倒置的沙漏
"该走了"，他说——
彩虹的位置
从摩天楼背后消失

已有半个月不曾下雨
日历突然开始说话

老人一如既往坐在角落

没人知道他是不是军人

他别着一枚锈军徽

没人知道他是否骁勇

他的右臂是一节廉价义肢

没人知道他是否结过婚

他只是看一封皱巴巴的信

以及无人诉说的往昔

我走过下一个街角

回想起昨日

那张书签，有了你的名字

再美的戒指

也比不上，勾着你的小指

雨天过后还是雨天

你好久没来音像店
好久没见你侧脸
老板说：
你为新歌寻灵感
前往昨天的旅程是
不换季的春天

雨天过后还是雨天
唱片存有你留言
专辑封面晴空万里
彩虹弯曲在光碟背面

你好久没出现在廊桥
河畔回荡的钟声
公园的乐队缺一位主唱
明天过后还有明天

好久没对你说再见

副歌触发泪腺

琴谱在弹奏瞬间

休止符提前了半拍

含羞草的雨季

蜻蜓低飞低飞
提醒又一个雨季来临
露水滴落滴落
含羞草收拢了心事

仰在草坪
以甲壳虫的姿势
天空湛蓝
云保持不动
我也不动

你总喜欢靠边走
目送你离开
雨季漫长漫长

笔尖划破字迹
壁炉通红
纸屑消散消散

青春小说

读完一本青春小说

体内细胞像被翻阅过

合上的瞬间

故事停止自我繁殖

记载的气温湿度

还原不出

当时天空的迷惘

怎么证明

书中描写的线索

是真实经历，或纯属虚构

多亏

一段关于热气球的闲笔

为斑驳的记忆陈述证词

——彩色热气球

不断洒向天空

连成波点画

笔者费心着墨

加深几近黯淡的字迹

最惊慌的橡皮

是耗尽了所有伏笔

茉莉花树

废弃的操场置于尘中
藤蔓自窗外爬进教室

黑板报是黑板的外延
粉笔擦擦出斜阳
还有青苔
烘托的那株茉莉花树
白色粉笔屑飘洒

那些励志的废话
成为偏科生
誊于语文书上的诗句
课桌抽屉藏过的
除了小抄
还有心事

座位前排

曾掩护过

打瞌睡的音乐课代表

梦所相偎的旋律

不如下课铃动听

毕业季

去买称心同学簿

文具店老板娘

刚走丢了猫

收集留言

以鉴定人缘

攀比文采及画功

不相往来的也递一张

不知是放下了芥蒂

还是为表演大度

多年后

礼物早就不见

校址迎来了拆迁

滩涂来信

远处寄来一封信
收集了词语的雨滴
转交到我手中
已潮湿不堪

来自滩涂小屋的笔迹
信纸上沾有
穿过泥泞时溅起的月光
落款处签名
是海洋分娩出的
鱼腥气味

晒干这封长信
描绘万物的词藻
攀附于光阴的礁石
俨如海草般凌乱

从中择选一些意象

候鸟从纸上飞过

海浪再次侵略了滩涂

骤雨

居民区的骤雨
水声滴穿了水
细数铁皮门牌
已换过多少人家

信箱遗留的旧笺
沾满被淋湿的灯光
衣物悬在蛛网
藏着偷情的秘密

流言不会隐于暮色
雷电过后
水瀑自屋檐直下
窨井盖打开了鼠群

湍急之声

流淌在没有尽头

又处处皆是尽头的

窨井深处

松果雨

晚秋夹进书页

一杯拿铁

天气预报以外的大雨

淋湿了一摞剧本

情节被伞撑起

剧本以外的角色

出现在巷口

收拢了伞

坐在我身边

诉说别人的情史

如同自己的爱与忧愁：

这片花园不常下雨

而是下松果

砸出松鼠野兔

四处跳蹿

刨地觅食

一帧一帧剥果壳

她不驱赶

远远看着

等小家伙们散去

默默补上草籽

每到下松果的时候

它们会一次一次出现

后来松树倒掉了

不再有松果雨

它们再没光顾过

我想我想你

蝉在树上唱歌

一条熟睡的河

黄昏的月光很淡

这是属于我们的场景

我想在我想你的时候

说想你

而不是远远看着你

我想从身后把你抱紧

而不是凝视你

离去的背影

我想带你去环球旅行

而不是送你

明信片上的巴黎

我想在黑夜来临时

一起散步

而不是独自想你

依然在记忆中

人群中

你的身影猝然

只敢从背后

喊出你的名字

随即转身

玻璃延缓了雨滴

以及倍感陌生的流速

西点屋那个橱窗

摆放了

你最爱的黑森林蛋糕

撑开装腔作势的油布伞

从往事中隐身

水珠顺着弧度

滑落到草坪

留给时光的约定

分界晴雨

就此别过

依然在记忆中

苦咖啡失眠

干脆再来一杯

电影档期已过

笔记本电脑回放一场

辑四

理想生活

窗

1

像透明的纸
月光都可以戳破

像一堵墙
屏蔽了外部真相

从屋内望向窗外
是某一个人间

从室外反观窗内
是人间遗迹

不同的窗
嵌套着
由谎言组成的

一个个更小的谎言

2

发霉的夜景
一格格窗
堆满故事的保险箱
密码锁是声控的

忍不住张望
你家那扇
透过橘色纱帘
绿植放大了水渍

我皮肤下的绿皮火车
因为思念你
鸣笛声撞进了
窗玻璃

3

谎话，用镜像
折射冰封中的世界
窗外的我看着
窗内的我

一场来自沉默的大雪
掩盖了水塘的心事
以及涟漪消失的真相

但这并非真正的雪
久不消融
表面长出玫瑰之刺
紧握更多的血
染红了一株亚种

幻境中转身
是另一层幻境
泡影肿大，藏着
用来被忘记的真相

单程票

月台上送行
右手告别，左手拭泪
不舍有了具象的轮廓

身边留了空位
等寂寞入座
黑羽散落在
车厢每个角落
开往不同结局的火车
驶向乌鸦的血管

单程票，存根已旧
皱褶上画着肖像
被锁进抽屉

世人再也找不到
传说中的信物

无法寄给所爱之人

只好把遗忘的钥匙

交付邮差

憧憬

月光覆盖一块望台
鸟群按班次起飞
领头雁疾转
稍纵即逝的往事

晚风吹开阴霾
树桠偷走了光斑

一个短句在空中指引
逾期归巢的雏鸟
奋力振翅
还是错过花期

无数次憧憬
一片羽毛承载结局

逃离

从南京西路
到南京南站
先乘地铁
再坐高铁

而离开银河系
只须一闪念
翱翔在小行星带
火星已是回望

陨石擦肩而过
每一件天体
都是宇宙行李

黑洞吸入光
也吸入梦境

我以为蚂蚁

逃脱了地球仪

其实从未爬出

野草的叶脉

旧物

房间搬空了
门锁紧了
狗嗅了嗅楼梯
木地板不再吱叫

每当临行才发现
前庭秋千歪了
眼前静止的风景
未晃荡过几回

掏出声控钥匙
掏出一小段旋律
——邻里常弹的夜曲
约等于肖邦

作为末班车被驱逐的
最后一个乘客

路线换了终点

还木知木觉

照习惯归置旧物

花盆放阳台

相框摆在英语词典右侧

新居的壁灯

总摸不到开关

老椅子

书桌两侧的弯曲木器

稍作挪动

咯吱作响

这是两把老椅子

螺丝不争气地掉落

她抱怨

噪声何时能歇

他起身转向沙发

老椅子要被淘汰了

她不舍的是

曾留在椅面的体温

他想换一把

符合人体工学的办公椅

她想换一把

设计师品牌的休闲椅

褪色的老椅子

被挂上二手网站

鲜少有人问津

他提议扔掉

凑巧

两组收旧家具的人

有意各收一把

老椅子被搬出家门

她出奇地安静

他点燃一支烟

电梯间对视一眼

同时说

我们分手吧

两把老椅子

分别被搬上了回收车

将不会出现在同一空间

拼图

先拆碎完整画面
再将残缺拼凑起来

反复寻找下一片图案
始终对不上相应色块
一些拼板逃逸
散落于桌角

为何非要按图索骥
不能偏离预设路径
拼板们蓄意捣蛋
要颠覆既有排列
要随机组合成
不规则形状

要胡乱硬扣
或折角

或用废纸、绢布、胶带
填补空白

从无序的，失真的
抽象的，模糊的篡改中
解读出虚构

套娃

1

台灯的光
雕刻出
最小的俄罗斯套娃

熄了灯
小物件苏醒
套娃睁开眼睛

不同尺寸的自己
散落于桌角
想要汇合
却寸步难行

不倒翁教她蹒跚
而她总是跌倒

可有不摔跤的窍门？

等你长大就知道了

挪至第一层外壳

套上原木外壳，还未上色

或许将自己

画成不倒翁的模样

便可长大成人

只是被形状所限

无法掌握不倒翁的步态

还是会跌倒

只是不再惧怕跌倒

2

八音盒舞女

在积木城堡歌唱

台下观众喝彩

舞女邀套娃表演

歌喉是木头的闷响

如何才能清脆悦耳？

等重返舞台就知道了

离开积木城堡

找到第二层外壳

或许将自己

打扮成八音盒舞女

就会惹人喜爱

只是被材质所限

摹拟不了八音盒的动听

哪怕五音不全

也不再黯然神伤

3

猫咪抱着套娃

露出一丝厌倦

套娃示意用深拥

交换体温

猫咪冷漠走开

以示拒绝

怎样才能自我意识觉醒？

等懂你的人出现

你就知道了

套娃将一层层外壳

穿在身上

模仿摆件的各色表情

忘了笑肌的悸动

每个虚假的套件

皆面目可憎

掳去僵硬的心智

将最后一层外壳

留给自己

理想生活

倒拨时钟

离相聚还有多久

一本简陋食谱

就是小型的幸福

一碟糟毛豆

一只白斩鸡

一碗盐水虾

一盘酱牛肉

一人一听啤酒

将堆积的思念

一饮而尽

再腌一罐泡菜

静置在时光中发酵

这就是小型的理想生活

萧瑟

把落叶

比喻成秋天的泪

飘落于斑马线

对街的古老花店

红色消防栓

立于金黄路面

告诫车辆不要停泊此处

园艺师不愿

将秋末置于花架

试尽所有方法——

营养液，冷藏柜

企图延缓一段亲密关系

而花瓶装不下思念

"这是今年最后一批蔷薇"

等待枯萎的同时

也等待懂得赞美的人

有时无法对自己诚实

是怕面对烛光的孤独

仿佛被鲜花记住

自己也会变成一朵花

北风拍打橱窗

寒流伺机

偷走盆栽的轮廓

墙上的留影

被转租广告代替

如果笑容不能保留

快乐会在这场联合作案中

失踪

萧瑟在铺面之间扩散

最后一束灯熄灭

曾经的闹市

变成了流浪者的乐园

有时候会

苦涩的咖啡需要拉花

有些情绪不能续杯

只能在旁观中叹息

时间让人滋生感情

又让人迫不得已分离

守寡的老妇在弥留之际

还记得一个男人给予的承诺

季节让花变成风景

又让花快速凋零

用自尊筑起的防备

心的堡垒总是轻易被击溃

老妇一生纳过好多布鞋

写过好多封信

匿名的，或者故意不写地址

她在此刻听见秋意——

有时选择相信

有时选择怀疑

直到晚风吹散了落英

最遗憾的事

心中的缺憾

是刺猬

被窘窿折断了刺

是壁虎

挽留不住尾巴

是孔雀

分手时最后一次开屏

最遗憾的是

往事还在眼眶打转

而你早已离开

那天在熟悉的街

认错背影

才明白

最遗憾的事

是一些回忆老了

另一些回忆依然年轻

望涛

海鸥衔起日出
飞出海平面

波涛蔚蓝
回忆是浅一点的蔚蓝
一个人不孤单
有影子和无尽的沙陪伴

拾起盛满风的海螺
放在耳旁
听见孩提学语

暗房在小木屋里间
水面银色月光
显影液呈现
贝壳珍藏了胶片

谁在岸边数星星

即便沙滩上的足迹

被浪潮卷走

仍留下海草的摇曳

寄居蟹

寄居蟹苦寻新居
负担不起昂贵的空螺

鱼的鳞片
龟的外壳
海胆的棘刺

自我保护的外衣
为何与生俱来

脱一次壳
就长大一圈
跟同类一样
去找大号空螺

得不到更大的居所
那就停止生长

躲在珊瑚之中
吃路过的浮游生物

饿瘦了
房子就宽敞了

一个消息传来
远亲帝王蟹用钳子
称霸海域

寄居蟹舍弃旧宅
让整个海洋裹住自己

隐喻

地球暂停公转

只能挑一个季节

装进母语

雨燕将春天衔入屋檐

猫头鹰夜巡披一层溽暑

沼泽里的落叶是灰雁捡回的

而南极融化于企鹅的腋窝

从深夜犹豫到黎明

舍弃一副脚环

依旧只能停留原地

没有谁怀疑词语的边界

将隐喻作为纪念品

无论如何删减

修辞永远是一种超载

那些轻盈的汉字

搭乘想象力飞出天际

带走一个不情愿的部首

间隙

影厅——

是能找到的最近黑洞

吞噬灯光与声源

收走两小时梦境

正在上映

一场史前文明

萨满，占卜，永恒，尽头

谜底绘于瓢虫背脊

梦游的陨石

逃离白矮星引力

撞裂银幕

嵌入座椅细小的间隙

受伤之眸

星河彻夜流淌

真空中沉默的宇宙

从此畏光

未命名

散场后很安静

故事未留下痕迹

角落的矮瓷杯还摆在那里

咖啡氤氲的香气

派对是否如期举行？

酒还没醒，清晨

谁对着镜子自言自语

眼神藏着破碎

不真实的表情

缺一副面具

一阵风在怀念过去

没有命名的剧情

在身边放映

我沿途观赏

害怕跌进陷阱

披一件华美外衣

恳请你忘记

左心房的秘密

气候转暖

雪景从冬天逃走

血液掺着浮冰

在大街流淌

春天伺机溜进

左心房

一个朦胧的背影

住了下来

光线冷了

照亮角落的时钟

指针是什么时刻弯曲的

骤停、瞬间、凝固、永恒

都是虚词

水位没过云层

刻度开始波动

圆周率吐出蚕丝

也是虚词

谁能在日落之前

听到真实的脉搏声

辑五

古诗里的爱情

蝶

题诗于一方旧帕
风吹皱荷塘
岸上细柳
仿画眉鸟梳妆

木屐老妪
少女只在掌心流浪
刺绣中的惊蛰
蝶尚未破茧

自缚怎脱身
半扇屏风
遮住落叶缤纷
衣裾飘动了流年

纯粹

树荫释放了一群蜻蜓
行道树旁，蝉鸣押韵
你用唇语道别

浮岛中腾起一家餐厅：营业中
找一个看得见风景的犄角
月色在江边披上朦胧
效仿你的姿态

遥望船头
芭蕉制成的帆渐远
汽笛断句，推开雾气
岸边传来凌乱回音
思念紧随水流
恰似凄美丝竹

调酒师举杯

往岁月的基酒中

添一剂惆怅

鸡尾酒的雨声散落一地

醉意浓不过烟雨

吧勺搅拌冰块

如风铃

掩盖你的心虚

溶解的蜡焚化信纸

学古人，烛火下落笔几行：

欲送春意空折柳

夜风明月相陪伴

月夜

月亮当空掩饰
不露悲喜
伤痕才能深刻

如果画面定格
月圆时刻
我不再不舍

从未抓住月色
仅凭阴晴圆缺
想象她一生

致秋天

风筝脱了线

获得仅一次的自由

候鸟南行的航向

羽毛消散

汇入暮光的孤星

点不亮晚霞

灯影忽明忽暗

默许了篝火

火光和少女

枫叶映红眼眶

此刻你躲在角落

梦见木槿凋零

用一根弦

拉奏别离之歌

不见指纹

琴声由此及彼

我们的故事堆起雪人

染白腊梅树冠的

不是雪

是骤变的语气

花泥、细沙和寒霜

冬天从屋檐滑落

身上伸出树枝

我们的故事堆起雪人

冰凌是一种日晷

梅花下一次绽放

仍是冬天

溃烂之木

一枯一荣，无数枯荣
辜负过春风
年轮被分割完毕
而其滞留原地

停栖的鸟过于勤劳
日晒雨淋
只为啄出古老蚁巢中
的蚁后

倒影倒下前
一棵幼树
从未触及水中
初次漾起的涟漪

古诗里的爱情

回想那天飘雪

微凉的雪花最温情

一把伞

沾湿你背影

今年冬至

旧街格外冷清

听骤雨揉碎剑影

提花灯重游故地

翌年四月

碑文统称无名

孤冢中一袭白衣

候过我也候过你

宫廷之外

娇笑中牡丹斗艳

后山一座花榭

河东驶来画舫

孤芳自怜的菡萏

金陵城外

硝烟遮住鸦的视线

尘土渲染了战事

顺便取下猛将首级

马蹄易碎

千里不计路远

修檄文一封

只赶昼夜

浮桥边

浮桥边

一片薄瓦的水速

雁阵迟迟未归

月光留住寒气

蟾蜍跳进了青苔

春天迟迟未归

所有背景在加深

寂静也在加深

诺言迟迟不归

青丝映入铜镜

弹指间照出白发

青春迟迟未归

浮桥边

盲人吟一阕词牌

你迟迟未归

辑六

关于爷爷的回忆

关于爷爷的回忆

1

爷爷年轻时
是上海海运局水手

从虹口公平路码头起航
北上烟台南下厦门
他的船往返于沿海
从未驶入太平洋

年迈后
病痛将他缚于床榻
直至溘然离世
也未曾离开国境

许是海上漂泊久了
爷爷并不喜出远门

却带年幼的我

去了苏州无锡南京

在太湖鼋头渚

给我买了青龙偃月刀

我欢喜忘形

一边挥舞

一边用嘴巴模拟刀影之声

爷爷躲闪不及

被塑料锋口划伤了脚踝

这是我们祖孙俩唯一一次

结伴旅行

2

为驯服大海

在甲板上保持平衡

爷爷的外八字形步伐

形成了肌肉记忆

奶奶说爷爷曾救起过

海中溺水的队友

说来也怪

他的游泳基因儿孙均未遗传

只有大海见识过

他极好的水性

浪花奖赏给他的

一枚勋章

是中耳炎的溃疡

他是否驯服过大海

还是从未被大海视作对手

3

想起爷爷的厨艺

舌尖就十面埋伏

他最拿手的是青椒肚片

加入茨菰

加入黑木耳

出锅前淋几滴麻油

炝猪肝也是看家菜

热锅热油

酱过的猪肝倒入颠炒

撒一把切成段的蒜叶

每次亲戚来

都是一大桌淮扬滋味

黄酒暖一下

丢入两粒话梅

后来爷爷病了

再来亲戚

便到饭店去吃

再后来爷爷走了

家族团聚就没有了

4

爷爷棋艺一般

不妨碍传授我

象棋口诀

方位感不好的我

总掌握不了"马"的走法

轮到我开局

永远"当头炮"

爷爷自然应对

——"马来跳"

跳着跳着，

我就被"将军"了

爷爷足球踢得也烂

同样不妨碍当我教练

在一块停止施工的空地旁

他用外八字形步伐

精准地接住了我的回射

回家路上

捏捏我小腿

检查"小黄鱼"有没有

更结实一些

5

虽然棋艺球技不怎么样

可爷爷的手很巧

奶奶还记得

他曾用木头做过一只船模

每个细节都很精妙

当刷完最后一笔油漆

一米长的"巨轮"

惊艳了那个平庸的黄昏

所以爷爷为我

制作修复玩具

——木剑、斗篷、单车

完全是雕虫小技

当我单脱手一圈一圈

在小区持剑骑行

想象自己是仗剑策马的大侠时

爷爷一边慢步

一边重复着自创的健身动作

等着再次被我追上

可我要揭发爷爷

有一次他帮我作弊

让我在幼儿园手工比赛中

获了奖

6

老去的爷爷

爱上了养花

阳台上盆盆罐罐

里面是河边挖的野土

植株以草本居多

不值钱

却长势喜人

一盆不知来自何处的文竹
面黄肌瘦奄奄一息
奶奶说养不活扔了吧
爷爷说我要让它起死回生

过一段时间去看
已被养得膘肥体壮
花盆已不够它纵横四野

7

爷爷开始用钢笔作画
他并不知晓
此时距生命倒计时
尚余三四年

一根根线条
是纤细的耐心
一张张A4纸接续

临摹出全本《清明上河图》

还画了形态各异的狗
灵缇、松狮、牧羊犬
或许因为狗
是奶奶和我的生肖

爷爷临终前
松江美术馆给他办了画展
——离家五分钟车程
可开幕那天
他连下楼的力气都没有了

我一直觉得
爷爷如果能更早投身绘事
一定能成为真正的画家

可假设并无意义
他隐藏的才华
就像贝壳
被海水淹没

8

爷爷曾向我展示

他珍藏的族谱

翻到录有我名字的排字辈：

"斯文继大宗"

爷爷是斯字辈

爸爸是文字辈

我是继字辈

不过我的名字

已不再沿用排字了

我十岁生日那天

爷爷带家人去照相馆

拍了一张全家福

走出照相馆

塞我一些零花钱

他经常塞我零花钱

虽然我总说不用

但他说拿着吧

买铅笔本子

也可以买糖吃

如今我工作了

也想给他一些零花钱

他已不在人间

9

爷爷一定想不到

作为一生没驶出近海的水手

身后却飞越太平洋

飞越北美大陆

长眠于大西洋之侧

那些他曾在睡前故事中提及的

民国名字——

宋美龄、孔祥熙、顾维钧、张幼仪……

竟成为他在纽约上州
芬克里夫墓园的邻居

可见人的一生
既难预测前路
也无法洞悉归途

10

又至清明
从长岛拿骚郡家中出发
地图显示
距芬克里夫墓园36英里

墓园位于韦斯特切斯特郡
一个叫格林堡的村郊

一大块翡翠绿坪
不设立碑
将逝者姓名生辰
蚀于铜质躺碑

与广袤天空融为一体

奶奶授意
将自己名字一并拓上
冠以爷爷的姓氏
——一种厮守的约定

碑面藏有暗格
翻出是同样铜质的花壶
插上自家院子里
剪下的玫瑰

两小瓶青岛啤酒
碰一下就算干杯
喝完自己那瓶
将另一瓶浇在墓前

再也尝不到爷爷的厨艺
也算共进了午餐

11

电影《寻梦环游记》里有句台词：
"真正的死亡
是世界上再没有一个人记得你"

终有一天
我很老很老的某一天
我没有力气再远途而行
最后一次来看爷爷

我要写一句献词：
"世间存有一方土地予你安息
——这里风景秀丽
青草地浸有麦芽香气"

然后我向他郑重告别
爷爷，再见啦

后记

诗意从何而来？每个人都有自己的解读。诗的意境，感悟起来如此简单，一个字句即可触动心弦，只是企图解释，灵性又玄妙。诗意在世间本就存在，语言与修辞，不过是其载体。语言，最初是用于描述，为尽可能表述准确，必先观察事物本身。以月亮为例，月相，是新月、眉月抑或满月。月色，是皎洁、涅白抑或黯淡。需形容词及其他词性加以修饰，而探寻诗意并加以描绘，本身就是作诗的过程。

诗的语言，如月光一般，是朦胧的、隐约的、含蓄的。每个人看待事物的角度各异，表述也千姿百态。写作者追求准确表达，运用语言来定义或定性。其性质越趋近，想象空间越狭窄，诗意也随之衰减。千里共婵娟，如果大家举头望见的，不再是彼此眼中不同的月亮，而是一轮形状、大小、亮度一致的月亮，世界将多么乏味。

营造诗意，可视为对语言追求极致的行为。表层含义明确后，继续探究其引申或象征，以试图突破语言的界限，进一步将语言模糊化。看似写景，实则抒情。看似记物，实则言志。诗中不乏将月亮与思念、落叶与惆怅、雨天与伤感联系起来的句子。这类意象，天然地易与人类的某些情绪产生共鸣，故而被广泛使用，逐渐形成固定搭配的同时，也失去了新鲜与神秘感。自古以来，诗人们苦寻极致，谓之"炼字"，几乎穷尽直觉范围内所有可用的意象。当一条路快要走到尽头，便要寻找新的方向，甚至反其道而行之，发掘语言之间新的化学反应。到了新诗阶段，为了求变，更为先锋的句式技法被开创出来，而含义是藏匿于字面之外的，所谓"醉翁之意不在酒"，可能导致一部分诗晦涩难懂。

我最早创作诗歌，大致可追溯至中学时期。就质量而言，只能算习作。为什么想要写诗，也不复杂。一来，可能受到家庭环境熏陶，从小对文字与写作感兴趣。二来，遇到一位令我记忆深刻的语文老师。我初中时偏科，但语文成绩尚可。父亲和老师商量，能否免抄写作业，省下时间用来补习薄弱的数学，作为对赌，如果默写出错，就比别的同学多订正一倍。老师破例同意了。我并未因此懈怠，反而更潜心背诵并钻研。假期时，父亲让我提前背诵"生于忧患，死于安乐"，一篇不短的古文，我很快背出来了。由此，发现自己记忆力不错，虽不及后来那档《最强大脑》里的"神人"那般过目不忘，不过背古诗古文的速度，确实比同学们快一点。当然，并非死记硬背，而是先理解含义，这样句子就不再拗口，反而有其独特韵律，也易于记忆。

记忆力不等同于创造力，却会触发创作冲动。即便没达到"熟读唐诗三百首"的程度，不妨想要"不会作诗也能吟"一下。一度我还迷上了流行音乐的歌词。当时周杰伦的"中国风"风靡，相较旋律，我更喜欢研究歌词。在中国古代，诗词与乐曲是密切相关的，比如词牌就是伴曲而唱。这两者对我来说，也算某种启蒙。正是最初这份热忱，我开始尝试写一些东西，也经历过"为赋新词强说愁"的过程。

这一时期的诗作，接近文字试验，与前文所提及的"追求语言上的美感"大致吻合。作为新手，通过文字将感受记录下来，尽量避免直抒胸臆的方式，而是学着借助月光、秋叶、雨水等意象去抒发。难免花心思在华丽的词藻、优美的修辞、繁复的句式上，亦会因为写了一句漂亮的废话而沾沾自喜。如今看来，虽显幼稚，但那种尝试是一种训练，也是写诗的原动力。我不算特别自信的人，文学探索递减了自卑感。为能有所精进，更投入于此，构成了正向循环。

以我拙见，古时诗人在斟字酌句的方面已臻极致，好比当代的古典主义音乐，已很难超越鼎盛时期的贝多芬莫扎特们。同其他艺术形式一样，诗歌也在演变。只不过，对于中文诗来说，其变化并非一脉相承，而是"拦腰截断"式的。因"五四"新文化运动，现代诗很大程度受到了欧美文学影响，使其与中国古诗的意趣有较大差异，反而更像是用中文所写的西方诗体。现代诗不拘于传统格律等"规范"，形式自由，无论什么"材料"皆可入诗。现代诗启发了我的后续创作，原来诗意的高雅，不只取决于所谓美好，那些看似粗鄙的、低劣的、肮脏的事物也值得玩味。更重要的是，因其灵活的书写方式，故适合引入更多的意蕴及思考。现代诗的表达是多元的，有抒情叙事的，也有批判且富有哲思的。

诗歌伴随了我的成长，从出国留学到羁留于海外生活，心境随之发生变化。我不禁反思，除了风花雪月，什么题材更值得去写。于是重新看我的诗，也开始重新看世界。写诗于我，本身是私密的，思考也是零散的，创作也较为随性，但一直在写，持续在写。不知不觉中，积到一定数量，似可凑成一本小小的诗集了。

这本诗集梳理编排为六辑。辑一，"创世"。正如其名，邀请读者走进我所创造的一个光怪陆离、诡谲多变的世界，蕴藏着我对宇宙乃至时空的想象和解读。辑二，"还没天亮的早晨"。在无尽的时间中，挑选了最感惬意的时段——夜晚进行倾诉。相较白天，夜深人静更适合思考及自省，也易产生灵感。当城市的聒噪消散，暂且放下生活的琐碎与忙碌，灵魂得以喘息，才能听清自己内心的声音。辑三，"一首歌，一座城"。脚步渐渐从虚构走入现实。这组诗主要记录了我出国留学或旅行途中，对城市的印象与心得——伦敦的雨，东京的风，香港半岛的夜，布里斯班的焰火，以及初抵纽约的种种感受……人生本是一场旅行，无论路途远近，皆是诗与风景。辑四，"理想生活"。目光从世界、城市的宏大叙事，聚焦到日常。诗意并不仅在远处，也近在咫尺。一扇窗，一件旧物，一把老椅子……可能过于熟悉平常的物件，往往使人忽略了其饱含的诗意。辑五，"古诗里的爱情"。让时间稍稍穿越到过去。这是比较特别的一辑，融合了我一度喜爱的古诗及中国风元素。爱情，自古以来，一直是永恒话题。正因纯粹的至爱难得，世人以诗歌之颂之，心向往之。辑六，"关于爷爷的回忆"。是清明节期间，去纽约上州给爷爷扫墓，想起祖孙间的过往，遂写下这首长诗，表达对爷爷的思念，作为诗集压轴。

本诗集收录的80首诗歌，曾在《诗刊》《人民文学》《花城》《作家》《山花》《中国作家》《星星》《诗林》《江南诗》《诗潮》《北京文学》《鸭绿江》《广西文学》《西湖》《诗选刊》《纽约一行诗刊》等刊物上发表，在此谨致谢忱。同时，也要感谢华东师范大学出版社社长王焰老师，感谢朱妙津老师和"六点诗丛"主理人、同时也是著名诗人的古冈老师，是他们的支持及鼓励，这些散落的诗才有机会聚拢，以诗集的形式问世。同时，也希望读者能从中找到一两句喜欢的诗。如此，作为一名初出茅庐的诗人，便感到莫大庆幸了。

2024 年 4 月 25 日于纽约长岛